Los vaqueros y sus poemas

Felipe Izaguirre Maldonado

Los vaqueros y sus poemas

Primera edición 2023

D.R. ®, Felipe Izaguirre Maldonado

PORTADA

April Price en Pixabay

ISBN

9798394478680

REGRISTRO INDAUTOR MEXICO

03-2023-050817074600-14

A todos mis amigos del
club de lectura Tokio Blues

No soñaba ya con tormentas ni con mujeres
ni con grandes acontecimientos
ni con grandes peces ni con su esposa.
Sólo soñaba ya con lugares y con los leones
en la playa.

Ernest Hemingway

Uno debe ir siempre hacia el lugar donde no
está señalado.

Henry Miller

Cowgirl

Es mejor esperar

aceptar la derrota.

Tu esencia, las ceibas y el kiosco frente a tu casa

las botas rosas que jamás te quitabas,

tus besos con sabor a cerveza y cigarro,

lo difícil que era quitarte tus vaqueros,

esos mensajes en las servilletas,

tus cintos piteados que usabas largos,

la texana negra de castor que aventabas al entrar al cuarto.

Un día llegaré al infierno

y será agradable reencontrarte.

4.15 am

Durante cinco segundos te mire con odio.

Siete despues pensé en no volver a dejarte usar la boina de piel que te regale.

Pero cuando olvidaste quitártela mientras tú estabas arriba...

Pensé en comprarte otra.

Algo pa noviar

Había hecho 20 cintos de la misma vaca con la que se forro la biblia.

Puse unas plumas a unas texanas y fueron unos caiditos.

Para la gasolina.

No importaban mis 15 años con el convertible más feo de la ciudad.

Y aunque pareciera que llovía dentro,

siempre dábamos varias vueltas antes de dejarte en tu casa.

"Tu maneja, para eso me puse vestido"

Arte poética

La sensación de comprar un boleto de avión
sin regreso.

Los dados dentro del cubilete sin rallas.

Sus manos en mi pecho, y el ruido del golpe al
alejarse.

Mi nuevo trabajo.

Cinceles, saca bocados, el martillo de cuero y
los remaches

que me robé para hacer algunos trabajitos
extras.

El cuero y las tiras para los cinturones,

las piezas de la montura listas para armarse.

Los cigarros escondidos en la bodega atrás de
un viejo cuadro

que no te decía nada…

Sólo cerros y caminos de Zacatecas.

El patrón gritando por el humo, y la fosa
curtidora.

Los hilos perdidos de la pita de maguey.

Los cintos terminados.

Recorriendo Jerez por todas las calles,

charros, vaqueros, y algunos turistas
regateando, el precio.

Cachoreala porque se te escapa

La vida no mima a nadie.

Que el agua salpique.

Mangos, tinta café, cuero recin curtido.

La mesa de madera llena de agujeros.

La normalidad de las mañanas donde hasta
desayunas en las cantinas.

El morral de piel

Cinceladas las letras en el morral.

El tatuaje de los girasoles y el del moño

que solo se miraba con tus piernas en mis
hombros.

Tu dedo con un listón rojo.

Los huaraches cruzados que me quitaste.

Zipolite y las italianas entrando al bar.

Te recuerdo que también es básico

subir fotos donde estábamos juntos y más si
yo no salgo en la foto.

¿Besarse bonito con la luz de la noche?

A ti siempre te gusto comprar droga en el
baño, volver y besarnos bonito.

La talabartería

Copos de nieve escurriéndose en mis manos,
cabrona.

Chingada madre, solo te pregunto por chingar.

Tiras de correas para tus trenzas, los cueros
mochos para dibujar con pirógrafo.

Las cantinas del callejón con sabor a una
ballena.

La casa de huéspedes donde lo único que
desfilaba eran las putas y nosotros cuando no
queríamos esperar a llegar a tu casa.

Una empleada en la talabartería como tú
nunca hubo,

alguien que se fuera diciendo voy al baño.

Merxy aquí está tu poema

Ese cinto tan largo que pasaba la tercera presilla.

A veces lo metías en el bolso izquierdo de los pantalones.

Miles de veces te dije que me lo pasaras para recortártelo.

Pero si mirabas a alguien con un cinto largo decías…

"Que le corten el cinto para que no se lo regrese al novio que se lo robo"

Papa viejo

— Apa, Felipe va ir a la fiesta de la suegra y pa mí que tiene que pagar unas cuantas hora de banda.

— ¿Y como cuánto cuestan unas 4 horas de banda?

— Unos 10,000 pesos Apa.

— Dile a Felipe que digo yo, que un hombre que no trae 10,000 pesos en la bolsa pa gastarse vale madre.

Bailarinas

Estaba ahí otra vez sentado en una central
extraña en la madrugada,

con la suela de los zapatos llena de droga.

Con días sin dormir.

Subiendo y bajando de retenes.

Chocando con el insomnio y el miedo.

Algunos días sin bajar de los camiones,

y los demás consumiendo,

gastando lo poco que me quedaba.

Dejando siempre aroma a marihuana en los
hoteles,

olores a humedad en los camiones, otras caras,

miradas sordas de putas que suben y bajan,

con sus maletas de maquillaje.

Algunas otras con sus hijos de las manos.

Credenciales de cada estado,

cuentas y efectivo,

entre miradas perdidas y calcetines llenos de dinero.

Autobuses de inmigrantes,

con tatuajes en el viento, cigarro y vagabundos.

Balcones

En los 90's estuve entre las drogas, tragos

y esos amores que llegan para irse.

Juntos en los baños.

Ella sentada en mis piernas.

Donde jalaba de golpe

mi camisa de mezclilla solo

para escuchar como desabotonaba.

Tus dedos y las palmas de tus manos hacían
esos

extraños dibujos.

Culiacán

Después de que me incautaron,

el SAT y los militares vaciaron mis casas, mis cuentas.

Había dejado en casa de mi madre el primer carro que compré,

con los primeros cruces de goma.

Un Mustang 68, un poco maltratado, empolvado.

Con un 351 modificado.

Con un toque romántico, dejé algo de efectivo en la guantera,

 subí a la costera.

Desaparecería…

Compré un poco de cerveza en la Cruz,

llegaría a Mazatlán, me detuve en un pueblo
en la carretera,

estacioné bajo un farol frente un restaurante
cerrado.

Sería un borracho más esperando algo que
comer.

A quién le importaba un carro en medio de la
nada.

Sin nada que perder,

sin ganas de volver a empezar.

Un ebrio dormido en la carretera no es nada

sin dinero y con la federal buscándolo.

Daddy Yankee

A la mierda la inmortalidad,

el dinero de los poemas es para vagancia.

Llevabas marihuana y coca en la misma
bolsita donde ponías tus dos únicos bikinis.

Te diste a la tarea de hacer una tina con los
tambos que le robaste a la señora de unos
ranchos adelante.

"No soy puta, yo no bailo daddy yankee"

La cámara con el lente de 50mm fijos que
hacía que te fueras hasta la calle para poder
tomar un retrato.

Jamás enfocaste bien, menos la vida.

Nunca rizaste tus pestañas.

Pero tus fotos panorámicas eran perfectas.

El malibu del 77 que nos llevaba a la playa, te negabas a venderlo por ser dos puertas.

Quitabas, ponías platinos, carburabas mejor que yo.

Descalzos

Un día dejarás los tenis de miles de pesos,

las borracheras con desconocidos,

tal vez las mejores camisas,

olvidarás los bares y las botanas,

los carros deportivos te enfadarán,

la música alta te desconcentrará,

las mujeres sexys serán algo normal,

algunos amigos ya no te entenderán,

otros no te volverán hablar.

Los paseos en barco te dormirán.

El dinero no sabrás en qué gastarlo,

esos cigarros ya no te ayudarán con el
insomnio,

y la coca dejará de funcionar, entonces
estarás ahí

mirando el cielo, sin desear y sin buscar.

Deus ex machine

Que dios me quite todo,

y me plante en otra parte

que echaré raíces.

Que la vida es rápida.

que el paraíso es agridulce.

que las personas están contigo y no te das
cuenta,

y que del infierno jamás nadie ha regresado.

El arte es una mierda

Hay dinero para la policía, gasolina, cerveza y putitas.

Lo mejor de estar vivo es saberse muerto en unos años.

Feminicidios

Debe ser feo estar buenísima y ser pobre.

Morir naca y nunca haber aprendido algo
importante.

Y todavía llorar cuando tu malandro que
pagaba tus cuentas te mando a levantar

porque todavía te cogías a tu ex.

Fogata

Pero quién fuera yo sin todas esas marcas.

Sin esos miedos.

Me los llevaré hasta mi tumba,

melodías sin amor,

el nervio característico de la felicidad.

Estarán conmigo en el infierno

entre desiertos de mierda y fuego a un lado
del arenal.

Frontera

Después de algunos miles gastados,

despertaba entre sábanas y en ocasiones
entre cuerpos desnudos.

Así recordaba el aroma madreselva y brisa del
muelle,

y así estaba en este nuevo paraíso
recordando mi viejo infierno.

Y sentado al lado de mi café, regresaba al
desierto.

Mirando la salida del sol, tomando el primer
camión y algunos raites.

Ya no estaba en casa, no había caminos, solo
senderos.

En las estaciones miraba la noche oscura y
los pequeños ladrillos.

En cada esquina había una historia, algo
nuevo que recordar.

Había perdido tanto que no podía perder más.

Aprendí tantas cosas.

Que se disfruta poco y que se vive rápido.

Entonces estaba ahí,

regresaba a oscuros abismos del invierno.

Carreteras de Agua Prieta y Naco,

mujeres con niños,

secuestros olvidados, restos de humanidad,

federales y municipales que no te miran y que
no les importas.

Adobes del infierno, entre dedos golpeados.

Algunos muertos entre brechas, entre
fantasmas en los olvidos del infierno.

Días y noches sin testigos, entre polleros que
solo caminan.

No podía dejar de caminar, sabía que no
había nada más para mí.

un mojado al final de cuentas.

Recordaba tanto los primeros meses.

Stockton y Sacramento,

subiendo y bajando de las escaleras,

empezando un imperio, que al final no valía
nada,

había pasado desiertos, había soñado con
luces.

La gran manzana,

con algunos puentes, qué se yo, el Golden
Gate

algunos carros, algunos desayuno a la cama,

y por qué no una chica linda,

pero recordaba mi vieja playa, mi viejo muelle,

y claro la luna de semana santa,

con el tiempo los sueños cambian.

Soñaba con el desierto,

con viejos amigos,

campamentos en la arena blanca.

Sabía que al final nada es muy importante.

Cambiaría cada día de mi vida, por algunos
días de cuando tenía veinte.

En aquel tiempo no ocupaba nada y no podía pedir más, lo tenía todo.

No sabía qué había pasado con algunos primos.

Y olvidé aquel verano con el abuelo y su vieja camioneta.

Cuando eres joven no miras lo que es importante

te preocupas tanto por caminar,

por olvidar el mar, y todo lo que dejaste atrás.

La 15 y don Benigno

El trabajo es así…

No es cosa fácil.

Comienzas con una carrucha.

Después te vuelves tortonero,

rabonero, camionero, y trailero pa' variar.

Entre la nieve, dormir bajo el motor caliente.

Remolcadas a pueblos fantasmas

y restaurantes donde había más mujeres

desnudas que en una ciudad.

Mi primer raboncito con gallinas siempre hacía escala con la

doña de la salida a Hermosillo.

Café tostado y machaca con huevo en el desierto sobre

la lumbre del mismo infierno.

Me ponía sobre las líneas blancas y amarillas

que te llevan al pasado o a todos esos mundos

que solo pasaron por los retrovisores sucios de la vida.

La cuchupeta

Domingos de…

Algún arbolón.

En el canal, el dique o en la presa.

Cerveza, en bola con los compas.

Con las nalguitas.

En la peda.

La troca.

Los kikers doble boblna planos.

Epicentro, 4 bocinas, amplificadores aparte.

Llantas viejas para quemarlas.

Motores con fugas.

Aceite por la bayoneta,

transmisiones sin la primera. Días de lluvia.

Dos cajas de cigarritos. Un cartón de cuartitos
para rematar en casa.

40 grados y el desierto con los atardeceres

que jamás miramos.

Lana para la universidad

Personas estafadas,

contratistas que te daban las identificaciones
falsas.

¿Sueños en México?

Fortunas quitadas.

Pequeños contratos.

Girasoles secos, cubiertos de sangre

y de lo poco que quedaba en mí.

Pelear la impresora,

repararla entre todos en la oficina.

Mi baño de agua cliente,

el rastrillo y la espuma,

el perfume y mismo desodorante todos los días.

El café en la mañana,

la recepción, la secretaria y los documentos del día

me hacían añorar la pisca.

Cortar la uva,

acomodar la manzana, sacar la papa.

Romances entre las líneas de empaque.

Audífonos que se llevaron chicas a cambio

de algún encuentro entre los cerezos de Napa.

Postes con luz a un lado de la carretera,

donde pies golpeaban el tablero o el cristal.

Sin nada más que el cheque de líneas piscadas

en el eterno California.

Lincoln continental

Teníamos un mapa de california.

Mil dólares y tres mil pesos.

La gasolina costaba treinta centavos.

Líneas de México al borde de un mundo por conocer.

Para mi bastaba con tu falda y el gran cofre del viejo Continental.

Los chingaquedito

Jamás importó el lugar o el salón,

o el trabajo ni las calificaciones.

Era poder mirar a mis amigos.

Saber que no los volvería a ver

cuando diéramos el último paso fuera.

No quedaría nada,

el tiempo pasaría y yo con él.

Los pasillos y gritos en la primera clase.

Los crudos al fondo.

Las frígidas al frente.

El viaje fue corto.

Los Homies

Amigos que jamás regresaron mis hieleras

y mucho menos la cerveza.

Otros se casaron con mis ex novias.

El chorris que nunca me devolvió las llaves del
depa.

Otros…

Que vivieron en mi casa.

Algunos que lo fueron todo,

otros se perdieron.

Fueron y serán.

Monstruos

Son ellos los que nos mantienen vivos.

Esas vergas que te hacen recordar

que el dolor existe.

Te hacen pensar que no eres nada

y que el maldito mundo no acaba,

que no gira sobre ti, que no eres nada más

que una pequeña brisa que pasará y serás
olvidada.

¿Enserio pensaste escapar?

Vuelves a iniciar.

Entonces recuerdas tu campo en la cama,

y te das cuenta que entre lo gigante del universo

tu vida se resume a 8 horas en un pedazo de colchón.

Sigues sin nada.

Te comen entre civilizaciones pasadas,

nada más que tú, en una pequeña ciudad en el abismo,

de un sol que nos ilumina y nos mantiene vivos.

Entonces regresas en ti.

Muere

Todo será muy corto.

Lo olvidarás con los años

el teléfono dejará de sonar.

Duerme en lugares diferentes,

entre cervezas, ropa mojada y suciedad.

Cuadernos y lápices gastados,

trabajos sin terminar,

refrigeradores sin nada de comer,

sin papel en el baño.

Recuérdalas desnudas,

cuando dormías por estar con ellas,

locas, con sabor a remojo,

como personas que solamente llegan para irse.

Al final seguirá siendo un gran viaje,

entenderás que las drogas y las putas al final aburren.

Piérdelo…

Y prepárate para volver.

La gente normal sueña cosas grandes

tú sueña con una mañana más.

Desiste de todo.

No temas a la cárcel,

a las mujeres,

a los culeros que dicen ser tus amigos.

Vive para ti, para tener más noches como
ésta.

Duda de los santos, de los que prohíben,

de los que no consumen, de los que trabajan
de 8 a 5 sin descansar.

De los cuadrados.

Vive, y si es necesario morir, muere.

Navidad

He tenido diciembres rodeados de gente.

Pero las más claras son

en habitaciones perdidas

ventanas de cielo que no muestran nada.

Recordando la importancia de no amar ni
querer ser amado.

Sabiendo que un día no conforma una vida.

Estamos aquí por error,

por anuncios de inmortalidad,

por publicidad barata.

Tememos del infierno sin conocerlo,

y del cielo por no despedirnos.

Olvidamos que nada vale mucho.

En noches sin internet.

Sabemos que el final llegará y estamos condenados.

Paniqueados

Desde que bajábamos de los carros,

ya sea a comer o a cualquier cosa,

teníamos miedo.

De lo que pasaba,

de lo que se acercaba,

del carro mal estacionado.

Cada día era un pequeño final

entre armas y la droga decomisada.

A la verga...

Mi vida seguía siendo un desmadre.

Al principio fue un placer, pero

sabía que no duraríamos mucho,

que como botes de tiro al blanco,

estaríamos entre el abismo al ir cayendo.

A veces pensaba que no era el dinero,

ni las putas,

ni los carros,

era el sentirte cerca de la muerte,

saber que la mirabas cada noche,

que ella jugaba contigo,

que ella estaba a un lado riéndose,

disfrutando contigo.

Entre el polvo y la cerveza éramos eternos.

Cero con tu morra

Imaginé todas esas vergas.

Los palos.

Todas las fotos que habías enviado.

Todo se traducía en la capacidad

de estar juntos.

De qué tanto me gustaba ver la línea de

tus piernas.

¿Disfrutaría siempre ver tus tanguitas
colgadas del

espejo que habíamos puesto de cabecera en
la cama?

51

¿Se vive por compromiso

por la costumbre de respirar?

Pero no me iría de este planeta sin vivir.

La vida es un todo o nada,

una realidad alterna.

Siempre confundimos lo grande de los
edificios

con las noches sin condones.

¿Estaría ahí todavía el tatuaje que asomaba
por tu muslo izquierdo

entre el agujero de aquellos

Calvin Klein que tanto te gustaban?

Un día podrías volver a llamar…

Que hermoso es valer verga

Entraron los militares al teibol, se prendieron
las luces.

Dos tipos con unas morras encimas.

Una sacándosela a un guey en la barra.

Cinco bailando en la pasarela.

Cuatro queriendo comprar un privado.

Un viejo platicando con una al fondo.

Tres morras cobrando el turno del día en la
caja,

todavía entraba algo de sol por las ventanas.

Que rico ¿no?

Al cabo,

un culo solo es estético, porque

lo bueno casi nunca dura.

Los sentimientos cambian.

El amor renuncia.

Y un culito siempre se va.

Como las raras lluvias de septiembre.

Quiénes

Hemingway o Van Gogh no tenían Streaming.

¿Por qué escribirían o pintarían?

¿Kurt Cobain podría ir al Carls Jr?

Las mañanas tienen tiempo para que

otros fantaseemos con quemar el mundo.

Pero algunos sólo truenan en su cuerpo

las escopetas para divertirse.

Siempre es demasiado poco

¡Tu vida será corta!

¿Pero que más se puede pedir a cambio de ser feliz?

Grandes ojeras, golpes, caídas.

En las mañana tendrás nuevas ideas,

Tendrás nuevas canciones, algunas nuevas empresas,

tal vez kilos por vender.

Tira toda la mierda después de probarla.

De saber qué es lo que verdaderamente quieres

y entonces crea.

Piensa que lo mejor está por llegar,

no olvides

que la muerte está más cerca de ti

a como avanzas.

Suelta todo lo que yo no ocupas, lo que te
estorba,

y disfruta un poco más del paraíso.

Mejor vive,

desátate del peso muerto.

Y camina sin mirar atrás.

No pienses tanto en el futuro.

Son mierdas creadas por la gente de corbata.

Tienes que ser libre.

No ocupaste tanto dinero, los cuadros viejos,

y espejos manchados.

Duda de todo, de tus padres.

Confía en ti,

en tu técnica, en tu talento.

Y si no lo tienes espera que lo obtendrás.

¡Date tiempo!

No te vayas de este mundo sin destrozarlo,

sin que se enteren que pasaste por aquí.

Lo demás no importa.

Hazlo por dinero, por tu madre, o solamente
por ti.

Su Majestad la Brissa

— Ama, No tengo pal baile.

— Es lo madre ve pa ver que se te pega.

Tata

¿Con cuántos años más te basta?

Un año, un día.

Con verte en la tarde.

Tal vez un cigarro o una cerveza,

también estaría bien.

Tons que papi

Algo del pasado,

martes en la cama.

Son el reflejo de quienes somos.

Sentimientos de caídas,

para poder subir como espuma a la orilla del
mar,

pies mojados y grandes charlas en la playa.

Sin causas y sin sentidos.

Tener una cerveza en la mano,

un poco de coca en la llave o en la nariz,

sabiendo que al final todo se irá

y regresará de una manera diferente

y vuelves a inhalar.

Mi equipaje y mis viejas frases.

Made in the USA
Columbia, SC
24 May 2023

16837077R00035